Der tolle Invalide auf dem Fort Ratonneau

Ludwig Achim von Arnim

Erzählung

Graf Dürande, der gute alte Kommandant von Marseille, saß einsam frierend an einem kalt stürmenden Oktoberabende bei dem schlecht eingerichteten Kamine seiner prachtvollen Kommandantenwohnung und rückte immer näher und näher zum Feuer, während die Kutschen zu einem großen Balle in der Straße vorüber rollten, und sein Kammerdiener Basset, der zugleich sein liebster Gesellschafter war, im Vorzimmer heftig schnarchte. Auch im südlichen Frankreich ist es nicht immer warm, dachte der alte Herr, und schüttelte mit dem Kopfe, die Menschen bleiben auch da nicht immer jung, aber die lebhafte gesellige Bewegung nimmt so wenig Rücksicht auf das Alter, wie die Baukunst auf den Winter. Was sollte er, der Chef aller Invaliden, die damals (während des Siebenjährigen Krieges) die Besatzung von Marseille und seiner Forts ausmachten, mit seinem hölzernen Beine auf dem Balle, nicht einmal die Lieutenants seines Regiments waren zum Tanze zu brauchen. Hier am Kamine schien ihm dagegen sein hölzernes Bein höchst brauchbar, weil er den Basset nicht wecken mochte, um den Vorrat grüner Olivenäste, den er sich zur Seite hatte hinlegen lassen, allmählich in die Flamme zu schieben. Ein solches Feuer hat großen Reiz; die knisternde Flamme ist mit dem grünen Laube wie durchflochten, halbbrennend, halbgrünend erscheinen die Blätter wie verliebte Herzen. Auch der alte Herr dachte dabei an Jugendglanz und vertiefte sich in den Konstruktionen jener Feuerwerke, die er sonst schon für den Hof angeordnet hatte und spekulierte auf neue noch mannigfachere Farbenstrahlen und Drehungen, durch welche er am Geburtstage des Königs die Marseiller überraschen wollte. Es sah nun leerer in seinem Kopfe als auf dem Balle aus. Aber in der Freude des Gelingens, wie er schon alles strahlen, sausen, prasseln, dann wieder alles in stiller Größe leuchten sah, hatte er immer mehr Olivenäste ins Feuer geschoben und nicht bemerkt, daß sein hölzernes Bein Feuer gefangen hatte und schon um ein Dritteil abgebrannt war. Erst jetzt, als er aufspringen wollte, weil der große Schluß, das Aufsteigen von tausend Raketen seine Einbildungskraft beflügelte und entflammte, bemerkte er, indem er auf seinen Polsterstuhl zurück sank, daß sein hölzernes Bein verkürzt sei und daß der Rest auch noch in besorglichen Flammen stehe. In der Not, nicht gleich aufkommen zu können, rückte er seinen Stuhl wie einen Piekschlitten mit dem flammenden Beine bis in die Mitte des Zimmers, rief seinen Diener und dann nach Wasser. Mit eifrigem Bemühen sprang ihm in diesem Augenblicke eine Frau zu Hülfe, die in das Zimmer eingelassen, lange durch ein bescheidnes Husten die Aufmerksamkeit des Kommandanten auf sich zu ziehen gesucht hatte, doch ohne Erfolg. Sie suchte das Feuer mit ihrer Schürze zu löschen, aber die glühende Kohle des Beins setzte die Schürze in Flammen und der Kommandant schrie nun in wirklicher Not nach Hülfe, nach Leuten. Bald drangen diese von der Gasse herein, auch Basset war erwacht; der brennende Fuß, die brennende Schürze brachte alle ins Lachen, doch mit dem ersten Wassereimer, den Basset aus der Küche holte, war alles gelöscht und die Leute empfahlen sich. Die arme Frau triefte vom Wasser, sie konnte sich nicht gleich vom Schrecken erholen, der Kommandant ließ ihr seinen warmen Rockelor umhängen, und ein Glas starken Wein reichen. Die Frau wollte aber nichts nehmen und schluchzte nur über ihr Unglück und bat den Kommandanten: mit ihm einige Worte ins Geheim zu sprechen. So schickte er seinen nachlässigen Diener fort und setzte sich sorgsam in ihre Nähe. »Ach, mein Mann«, sagte sie in einem fremden deutschen Dialekte des Französischen, »mein Mann kommt von Sinnen, wenn er die Geschichte hört; ach, mein armer Mann, da spielt ihm der Teufel sicher wieder einen Streich!« Der Kommandant fragte nach dem Manne und die Frau sagte ihm: daß sie eben wegen dieses ihres lieben Mannes zu ihm gekommen, ihm einen Brief des Obersten vom Regiment Pikardie zu überbringen. Der Oberste setzte die Brille auf, erkannte das Wappen seines Freundes und durchlief das Schreiben, dann sagte er: »Also Sie sind jene Rosalie, eine geborne Demoiselle Lilie aus Leipzig, die den Sergeanten Francoeur geheiratet hat, als er am Kopf verwundet in Leipzig gefangen lagt Erzählen Sie, das ist eine seltne Liebe! Was waren Ihre Eltern, legten die Ihnen kein Hindernis in den Weg? Und was hat denn Ihr Mann für scherzhafte Grillen als Folge seiner Kopfwunde behalten, die ihn zum Felddienste untauglich machen, obgleich er als der bravste und geschickteste Sergeant, als die Seele des Regiments geachtet wurde?« »Gnädiger Herr«, antwortete die Frau mit neuer Betrübnis, »meine Liebe trägt die Schuld von allem dem Unglück, ich habe meinen Mann unglücklich gemacht und nicht jene Wunde; meine Liebe hat den Teufel in ihn gebracht und plagt ihn und verwirrt seine Sinne. Statt mit den Soldaten zu exerzieren, fängt er zuweilen an, ihnen ungeheure, ihm vom Teufel eingegebene Sprünge vor zu machen, und verlangt, daß sie ihm diese nach machen; oder er schneidet ihnen Gesichter, daß ihnen der Schreck in alle Glieder fährt, und verlangt, daß sie sich dabei nicht rühren noch regen und neulich, was endlich dem Fasse den Boden ausschlug, warf er den kommandierenden General, der in einer Affäre den Rückzug des Regiments befahl, vom Pferde, setzte sich darauf und nahm mit dem Regimente die Batterie fort.« »Ein Teufelskerl«, rief der Kommandant, »wenn doch so ein Teufel in alle unsre kommandierende Generale führe, so hätten wir kein zweites Roßbach zu fürchten, ist Ihre Liebe *solche* Teufelsfabrik, so wünschte ich: Sie liebten unsre ganze Armee.« »Leider im Fluche meiner Mutter«, seufzte die Frau. »Meinen Vater habe ich nicht gekannt. Meine Mutter sah viele Männer bei sich, denen ich aufwarten mußte, das war meine einzige Arbeit. Ich war träumerig und achtete gar nicht der freundlichen Reden dieser Männer, meine Mutter schützte mich gegen ihre Zudringlichkeit. Der Krieg hatte diese Herren meist zerstreut, die meine Mutter besuchten und bei ihr Hazardspiele heimlich spielten; wir lebten zu ihrem Ärger sehr einsam. Freund und Feind waren ihr darum gleich verhaßt, ich durfte keinem eine Gabe bringen, der verwundet oder hungrig vor dem Hause vorüberging. Das tat mir sehr leid und einstmals war ich ganz allein und besorgte unser Mittagsessen, als viele Wagen mit Verwundeten vorüberzogen, die ich an der Sprache für Franzosen erkannte, die von den Preußen gefangen worden. Immer wollte ich mit dem fertigen Essen zu jenen hinunter, doch ich fürchtete die Mutter, als ich aber Francoeur mit verbundenem Kopfe auf dem letzten Wagen liegen gesehen, da weiß ich nicht wie mir geschah; die Mutter war vergessen, ich nahm Suppe und Löffel, und, ohne unsre Wohnung abzuschließen, eilte ich dem Wagen nach in die Pleißenburg. Ich fand ihn; er war schon abgestiegen, dreist redete ich die Aufseher an, und wußte dem Verwundeten gleich das beste Strohlager zu erflehen. Und als er darauf gelegt, welche Seligkeit, dem Notleidenden die warme Suppe zu reichen! Er wurde munter in den Augen und schwor mir, daß ich einen Heiligenschein um meinen Kopf trage. Ich antwortete ihm, das sei meine Haube, die sich im eiligen Bemühen um ihn aufgeschlagen. Er sagte: der Heiligenschein komme aus meinen Augen! Ach, das Wort konnte ich gar nicht vergessen, und hätte er mein Herz nicht schon gehabt, ich hätte es ihm dafür schenken müssen.« »Ein wahres, ein schönes Wort!« sagte der Kommandant, und Rosalie fuhr fort: »Das war die schönste Stunde meines Lebens, ich sah ihn immer eifriger an, weil er behauptete, daß es ihm wohltue und als er mir endlich einen kleinen Ring an den Finger steckte, fühlte ich mich so reich, wie ich noch niemals gewesen. In diese glückliche Stille trat meine Mutter scheltend und fluchend ein; ich kann nicht nachsagen, wie sie mich nannte, ich schämte mich auch nicht, denn ich wußte, daß ich schuldlos war und daß er Böses nicht glauben würde. Sie wollte mich fortreißen, aber er hielt mich fest und sagte ihr: daß wir verlobt wären, ich trüge schon seinen Ring. Wie verzog sich das Gesicht meiner Mutter; mir war's, als ob eine Flamme aus ihrem Halse brenne, und ihre Augen kehrte sie in sich, sie sahen ganz weiß aus; sie verfluchte mich und übergab mich mit feierlicher Rede dem Teufel. Und wie so ein heller Schein durch meine Augen am Morgen gelaufen, als ich Francoeur gesehen, so war mir jetzt als ob eine schwarze Fledermaus ihre durchsichtigen Flügeldecken über meine Augen legte; die Welt war mir halb verschlossen, und ich gehörte mir nicht mehr ganz. Mein Herz verzweifelte und ich mußte lachen. ›Hörst du, der Teufel lacht schon aus dir!‹ sagte die Mutter und ging triumphierend fort, während ich ohnmächtig niederstürzte. Als ich wieder zu mir gekommen, wagte ich nicht zu ihr zu gehen und den Verwundeten zu verlassen, auf den der Vorfall schlimm gewirkt hatte; ja ich trotzte heimlich der Mutter wegen des Schadens, den sie dem Unglücklichen getan. Erst am dritten Tage schlich ich, ohne es Francoeur zu sagen, Abends nach dem Hause, wagte nicht an zu klopfen, endlich trat eine Frau, die uns bedient hatte, heraus und berichtete, die Mutter habe ihre Sachen schnell verkauft, und sei mit einem fremden Herrn, der ein Spieler sein sollte, fortgefahren, und niemand wisse wohin. So war ich nun von aller Welt ausgestoßen und es tat mir wohl, so entfesselt von jeder Rücksicht in die Arme meines Francoeur zu fallen. Auch meine jugendlichen Bekanntinnen in der Stadt wollten mich nicht mehr kennen, so konnte ich ganz ihm und seiner Pflege leben. Für ihn arbeitete ich; bisher hatte ich nur mit dem Spitzenklöppeln zu meinem Putze gespielt, ich schämte mich nicht, diese meine Handarbeiten zu verkaufen, ihm brachte es Bequemlichkeit und Erquickung. Aber immer mußte ich der Mutter denken, wenn seine Lebendigkeit im Erzählen mich nicht zerstreute; die Mutter erschien mir schwarz mit flammenden Augen, immer fluchend vor meinen inneren Augen und ich konnte sie nicht los werden. Meinem Francoer wollte ich nichts sagen, um ihm nicht das Herz schwer zu machen; ich klagte über Kopfweh, das ich nicht hatte, über Zahnweh, das ich nicht fühlte, um weinen zu können wie ich mußte. Ach hätte ich damals mehr Vertrauen zu ihm gehabt, ich hätte sein Unglück nicht gemacht, aber jedesmal, wenn ich ihm erzählen wollte: daß ich durch den Fluch der Mutter vom Teufel besessen zu sein glaubte, schloß mir der Teufel den Mund, auch fürchtete ich, daß er mich dann nicht mehr lieben könne, daß er mich verlassen würde und den bloßen Gedanken konnte ich kaum überleben. Diese innere Qual, vielleicht auch die angestrengte Arbeit zerrüttete endlich meinen Körper, heftige Krämpfe, die ich ihm verheimlichte, drohten mich zu ersticken, und Arzeneien schienen diese Übel nur zu mehren. Kaum war er hergestellt, so wurde die Hochzeit von ihm angeordnet. Ein alter Geistlicher hielt eine feierliche Rede, in der er meinem Francoeur alles ans Herz legte, was ich für ihn getan, wie ich ihm Vaterland, Wohlstand und Freundschaft zum Opfer gebracht, selbst den mütterlichen Fluch auf mich geladen, alle diese Not müsse er mit mir teilen, alles Unglück gemeinsam tragen. Meinem Manne schauderte bei den Worten, aber er sprach doch ein vernehmliches Ja, und wir wurden vermählt. Selig waren die ersten Wochen, ich fühlte mich zur Hälfte von meinen Leiden erleichtert und ahnete nicht gleich, daß eine Hälfte des Fluchs zu meinem Manne übergegangen sei. Bald aber klagte er, daß jener Prediger in seinem schwarzen Kleide ihm immer vor Augen stehe und ihm drohe, daß er dadurch einen so heftigen Zorn und Widerwillen gegen Geistliche, Kirchen und heilige Bilder empfinde, daß er ihnen fluchen müsse und wisse nicht warum, und um sich diesen Gedanken zu entschlagen, überlasse er sich jedem Einfall, er tanze und trinke und so in dem Umtriebe des Bluts werde ihm besser. Ich schob alles auf die Gefangenschaft, obgleich ich wohl ahnete, daß es der Teufel sei, der ihn plage. Er wurde ausgewechselt durch die Vorsorge seines Obersten, der ihn beim Regimente wohl vermißt hatte, denn Francoeur ist ein außerordentlicher Soldat. Mit leichtem Herzen zogen wir aus Leipzig und bildeten eine schöne Zukunft in unsern Gesprächen aus. Kaum waren wir aber aus der Not ums tägliche Bedürfnis, zum Wohlleben der gut versorgten Armee in die Winterquartiere gekommen, so stieg die Heftigkeit meines Mannes mit jedem Tage, er trommelte tagelang, um sich zu zerstreuen, zankte, machte Händel, der Oberst konnte ihn nicht begreifen; nur mit mir war er sanft wie ein Kind. Ich wurde von einem Knaben entbunden, als der Feldzug sich wieder eröffnete, und mit der Qual der Geburt schien der Teufel, der mich geplagt, ganz von mir gebannt. Francoeur wurde immer mutwilliger und heftiger. Der Oberste schrieb mir: er sei tollkühn wie ein Rasender, aber bisher immer glücklich gewesen; seine Kameraden meinten, er sei zuweilen wahnsinnig und er fürchte, ihn unter die Kranken oder Invaliden abgeben zu müssen. Der Oberst hatte einige Achtung gegen mich, er hörte auf meine Vorbitte, bis endlich seine Wildheit gegen den kommandierenden General dieser Abteilung, die ich schon erzählte, ihn in Arrest brachte, wo der Wundarzt erklärte, er leide wegen der Kopfwunde, die ihm in der Gefangenschaft vernachlässigt worden, an Wahnsinn und müsse wenigstens ein paar Jahre im warmen Klima bei den Invaliden zubringen, ob sich dieses

Übel vielleicht ausscheide. Ihm wurde gesagt, daß er zur Strafe wegen seines Vergehens unter die Invaliden komme und er schied mit Verwünschungen vom Regimente. Ich bat mir das Schreiben vom Obersten aus, ich beschloß Ihnen zutraulich alles zu eröffnen, damit er nicht nach der Strenge des Gesetzes, sondern nach seinem Unglück, dessen einzige Ursache meine Liebe war, beurteilt werde, und daß Sie ihn zu seinem Besten in eine kleine abgelegene Ortschaft legen, damit er hier in der großen Stadt nicht zum Gerede der Leute wird. Aber, gnädiger Herr, Ihr Ehrenwort darf eine Frau schon fordern, die Ihnen heut einen kleinen Dienst erwiesen, daß Sie dies Geheimnis seiner Krankheit, welches er selbst nicht ahnet, und das seinen Stolz empören würde, unverbrüchlich bewahren.« »Hier meine Hand«, rief der Kommandant, der die eifrige Frau mit Wohlgefallen angehört hatte, »noch mehr, ich will Ihre Vorbitte dreimal erhören, wenn Francoeur dumme Streiche macht. Das Beste aber ist, diese zu vermeiden, und darum schicke ich ihn gleich zur Ablösung nach einem Fort, das nur drei Mann Besatzung braucht; Sie finden dafür sich und für Ihr Kind eine bequeme Wohnung, er hat da wenig Veranlassung zu Torheiten, und die er begeht, bleiben verschwiegen.« Die Frau dankte für diese gütige Vorsorge, küßte dem alten Herrn die Hand und er leuchtete ihr dafür, als sie mit vielen Knixen die Treppe hinunter ging. Das verwunderte den alten Kammerdiener Basset, und es fuhr ihm durch den Kopf, was seinem Alten ankomme: ob der wohl gar mit der brennenden Frau eine Liebschaft gestiftet habe, die seinem Einflusse nachteilig werden könne. Nun hatte der alte Herr die Gewohnheit, Abends im Bette, wenn er nicht schlafen konnte, alles was am Tage geschehen, laut zu überdenken, als ob er dem Bette seine Beichte hätte abstatten müssen. Und während nun die Wagen vom Balle zurück rollten und ihn wach erhielten, lauerte Basset im andern Zimmer, und hörte die ganze Unterredung, die ihm um so wichtiger schien, weil Francoer sein Landsmann und Regimentskamerad gewesen, obgleich er viel älter als Francoeur war. Und nun dachte er gleich an einen Mönch, den er kannte, der schon manchem den Teufel ausgetrieben hatte und zu dem wollte er Francoeur bald hinführen; er hatte eine rechte Freude am Quacksalbern und freute sich einmal wieder: einen Teufel austreiben zu sehen. Rosalie hatte, sehr befriedigt über den Erfolg ihres Besuchs, gut geschlafen; sie kaufte am Morgen eine neue Schürze und trat mit dieser ihrem Manne entgegen, der mit entsetzlichem Gesange seine müden Invaliden in die Stadt führte. Er küßte sie; hob sie in die Luft und sagte ihr: »Du riechst nach dem trojanischen Brande, ich habe dich wieder, schöne

Helena!« Rosalie entfärbte sich und hielt es für nötig, als er fragte, ihm zu eröffnen: daß sie wegen der Wohnung beim Obersten gewesen, daß diesem gerade das Bein in Flammen gestanden, und daß ihre Schürze verbrannt. Ihm war es nicht recht, daß sie nicht bis zu seiner Ankunft gewartet habe, doch vergaß er das in tausend Späßen über die brennende Schürze. Er stellte darauf seine Leute dem Kommandanten vor, rühmte alle ihre leiblichen Gebrechen und geistigen Tugenden so artig, daß er des alten Herrn Wohlwollen erwarb, der so in sich meinte: die Frau liebt ihn, aber sie ist eine Deutsche und versteht keinen Franzosen; ein Franzose hat immer den Teufel im Leibe! Er ließ ihn ins Zimmer kommen, um ihn näher kennen zu lernen, fand ihn im Befestigungswesen wohlunterrichtet, und was ihn noch mehr entzückte: er fand in ihm einen leidenschaftlichen Feuerkünstler, der bei seinem Regimente schon alle Arten Feuerwerke ausgearbeitet hatte. Der Kommandant trug ihm seine neue Erfindung zu einem Feuerwerke am Geburtstage des Königs vor, bei welcher ihn gestern der Beinbrand gestört hatte und Francoer ging mit funkelnder Begeisterung darauf ein. Nun eröffnete ihm der Alte, daß er mit zwei andern Invaliden die kleine Besatzung des Forts Ratonneau ablösen sollte, dort sei ein großer Pulvervorrat und dort solle er mit seinen beiden Soldaten fleißig Raketen füllen, Feuerräder drehen und Frösche binden. Indem der Kommandant ihm den Schlüssel des Pulverturms und das Inventarium reichte, fiel ihm die Rede der Frau ein und er hielt ihn mit den Worten noch fest: »Aber Euch plagt doch nicht der Teufel und Ihr stiftet mir Unheil?« »Man darf den Teufel nicht an die Wand malen, sonst hat man ihn im Spiegel«, antwortete Francoeur mit einem gewissen Zutrauen. Das gab dem Kommandanten Vertrauen, er reichte ihm den Schlüssel, das Inventarium und den Befehl an die jetzige kleine Garnison, auszuziehn. So wurde er entlassen und auf dem Hausflur fiel ihm Basset um den Hals, sie hatten sich gleich erkannt und erzählten einander in aller Kürze, wie es ihnen ergangen. Doch weil Francoeur an große Strenge in allem Militärischen gewöhnt war, so riß er sich los, und bat ihn auf den nächsten Sonntag, wenn er abkommen könnte, zu Gast nach dem Fort Ratonneau, zu dessen Kommandanten, der er selbst zu sein die Ehre habe.

Der Einzug auf dem Fort war für alle gleich fröhlich, die abziehenden Invaliden hatten die schöne Aussicht auf Marseille bis zum Überdruß genossen, und die Einziehenden waren entzückt über die Aussicht, über das zierliche Werk, über die bequemen Zimmer und Betten; auch kauften sie von den Abziehenden ein paar Ziegen, ein Taubenpaar, ein

Dutzend Hühner und die Kunststücke, um in der Nähe einiges Wild in aller Stille belauern zu können; denn müßige Soldaten sind ihrer Natur nach Jäger. Als Francoeur sein Kommando angetreten, befahl er sogleich seinen beiden Soldaten, Brunet und Tessier, mit ihm den Pulverturm zu eröffnen, das Inventarium durchzugehen, um dann einen gewissen Vorrat zur Feuerwerkerarbeit in das Laboratorium zu tragen. Das Inventarium war richtig und er beschäftigte gleich einen seiner beiden Soldaten mit den Arbeiten zum Feuerwerk; mit dem andern ging er zu allen Kanonen und Mörsern, um die metallnen zu polieren, und die eisernen schwarz anzustreichen. Bald füllte er auch eine hinlängliche Zahl Bomben und Granaten, ordnete auch alles Geschütz so, wie es stehen mußte, um den einzigen Aufgang nach dem Fort zu bestreichen. »Das Fort ist nicht zu nehmen!« rief er einmal über das andre begeistert. »Ich will das Fort behaupten, auch wenn die Engländer mit hunderttausend Mann landen und stürmen! Aber die Unordnung war hier groß!« »So sieht es überall auf den Forts und Batterien aus«, sagte Tessier, »der alte Kommandant kann mit seinem Stelzfuß nicht mehr so weit steigen, und Gottlob! bis jetzt ist es den Engländern noch nicht eingefallen zu landen.« »Das muß anders werden«, rief Francoeur, »ich will mir lieber die Zunge verbrennen, ehe ich zugebe, daß unsre Feinde Marseille einäschern oder wir sie doch fürchten müssen.«

Die Frau mußte ihm helfen das Mauerwerk von Gras und Moos zu reinigen, es abzuweißen und die Lebensmittel in den Kasematten zu lüften. In den ersten Tagen wurde fast nicht geschlafen, so trieb der unermüdliche Francoeur zur Arbeit und seine geschickte Hand fertigte in dieser Zeit, wozu ein anderer wohl einen Monat gebraucht hätte. Bei dieser Tätigkeit ließen ihn seine Grillen ruhen; er war hastig, aber alles zu einem festen Ziele, und Rosalie segnete den Tag, der ihn in diese höhere Luftregion gebracht, wo der Teufel keine Macht über ihn zu haben schien. Auch die Witterung hatte sich durch Wendung des Windes erwärmt und erhellt, daß ihnen ein neuer Sommer zu begegnen schien; täglich liefen Schiffe im Hafen ein und aus, grüßten und wurden begrüßt von den Forts am Meere. Rosalie, die nie am Meere gewesen, glaubte sich in eine andere Welt versetzt, und ihr Knabe freute sich, nach so mancher harten Einkerkerung auf Wagen und in Wirtsstuben, der vollen Freiheit in dem eingeschlossenen kleinen Garten des Forts, den die früheren Bewohner nach Art der Soldaten, besonders der Artilleristen, mit den künstlichsten mathematischen Linienverbindungen in Buchsbaum geziert hatten. Überflatterte die Fahne mit den Lilien, der Stolz Francoers, ein segenreiches Zeichen der Frau, die eine geborne Lilie, die liebste Unterhaltung des Kindes. So kam der erste Sonntag von allen gesegnet und Francoeur befahl seiner Frau: für den Mittag ihm etwas Gutes zu besorgen, wo er seinen Freund Basset erwarte, insbesondre machte er Anspruch auf einen guten Eierkuchen, denn die Hühner des Forts legten fleißig, lieferte auch eine Zahl wilder Vögel, die Brunet geschossen hatte, in die Küche. Unter diesen Vorbereitungen kam Basset hinaufgekeucht und war entzückt über die Verwandlung des Forts, erkundigte sich auch im Namen des Kommandanten nach dem Feuerwerke und erstaunte über die große Zahl fertiger Raketen und Leuchtkugeln. Die Frau ging nun an ihre Küchenarbeit, die beiden Soldaten zogen aus um Früchte zur Mahlzeit zu holen, alle wollten an dem Tage recht selig schwelgen und sich die Zeitung vorlesen lassen, die Basset mitgebracht hatte. Im Garten saß nun Basset dem Francoeur gegenüber und sah ihn stillschweigend an, dieser fragte nach der Ursache. »Ich meine, Ihr seht so gesund aus wie sonst und alles was Ihr tut, ist so vernünftig.« »Wer zweifelt daran?« fragte Francoeur mit einer Aufwallung, »das will ich wissen!« Basset suchte umzulenken, aber Francoeur hatte etwas Furchtbares in seinem Wesen, sein dunkles Auge befeuerte sich, sein Kopf erhob sich, seine Lippen drängten sich vor. Das Herz war schon dem armen Schwätzer Basset gefallen, er sprach, dünnstimmig wie eine Violine, von Gerüchten beim Kommandanten: er sei vom Teufel geplagt, von seinem guten Willen ihn durch einen Ordensgeistlichen, den Vater Philipp exorzieren zu lassen, den er deswegen vor Tische hinaufgestellt habe, unter dem Vorwande, daß er eine Messe der vom Gottesdienst entfernten Garnison in der kleinen Kapelle lesen müsse. Francoeur entsetzte sich über die Nachricht, er schwur, daß er sich blutig an dem rächen wolle, der solche Lüge über ihn ausgebracht, er wisse nichts vom Teufel, und wenn es gar keinen gebe, so habe er auch nichts dagegen einzuwenden, denn er habe nirgends die Ehre seiner Bekanntschaft gemacht. Basset sagte: er sei ganz unschuldig, er habe die Sache vernommen, als der Kommandant mit sich laut gesprochen habe, auch sei ja dieser Teufel die Ursache, warum Francoeur vom Regimente fortgekommen. »Und wer brachte dem Kommandanten die Nachricht?« fragte Francoeur zitternd. »Eure Frau«, antwortete jener, »aber in der besten Absicht, um Euch zu entschuldigen, wenn Ihr hier wilde Streiche machtet.« »Wir sind geschieden!« schrie Francoeur und schlug sich vor den Kopf, »sie hat mich verraten, mich vernichtet, hat Heimlichkeiten mit dem Kommandanten, sie hat unendlich viel für mich getan und gelitten, sie hat mir unendlich wehe getan, ich bin ihr nichts mehr schuldig, wir sind geschieden!« Allmählich schien er stiller zu werden, je lauter es in ihm wurde; er sah wieder den schwarzen Geistlichen vor Augen, wie die vom tollen Hunde Gebissenen den Hund immer zu sehen meinen, da trat Vater Philipp in den Garten und er ging mit Heftigkeit auf ihn zu, um zu fragen, was er wolle. Dieser meinte seine Beschwörung anbringen zu müssen, redete den Teufel heftig an, indem er seine Hände in kreuzenden Linien über Francoeur bewegte. Das alles empörte Francoeur, er gebot ihm, als Kommandant des Forts, den Platz sogleich zu verlassen. Aber der unerschrockne Philipp eiferte um so heftiger gegen den Teufel in Francoeur und als er sogar seinen Stab erhob, ertrug Francoeurs militärischer Stolz diese Drohung nicht. Mit wütender Stärke ergriff er den kleinen Philipp bei seinem Mantel und warf ihn über das Gitter, das den Eingang schützte, und wäre der gute Mann nicht an den Spitzen des Türgitters mit dem Mantel hängen geblieben, er hätte einen schweren Fall die steinerne Treppe hinunter gemacht. Nahe diesem Gitter war der Tisch gedeckt, das erinnerte Francoeur an das Essen. Er rief nach dem Essen und Rosalie brachte es, etwas erhitzt vom Feuer, aber sehr fröhlich, denn sie bemerkte nicht den Mönch außer dem Gitter, der sich kaum vom ersten Schrecken erholt hatte und still vor sich betete, um neue Gefahr abzuwenden; kaum beachtete sie, daß ihr Mann und Basset, jener finster, dieser verlegen nach dem Tische blickten. Sie fragte nach den beiden Soldaten, aber Francoeur sagte: »Sie können nachessen, ich habe Hunger, daß ich die Welt zerreißen könnte.« Darauf legte sie die Suppe vor, und gab Basset aus Artigkeit das meiste, dann ging sie nach der Küche, um den Eierkuchen zu backen. »Wie hat denn meine Frau dem Kommandanten gefallen?« fragte Francoeur. »Sehr gut«, antwortete Basset, »er wünschte: daß es ihm in der Gefangenschaft so gut geworden wäre wie Euch.« »Er soll sie haben!« antwortete er. »Nach den beiden Soldaten, die fehlen, fragte sie, was mir fehlt, das fragte sie nicht; Euch suchte sie als einen Diener des Kommandanten zu gewinnen, darum füllte sie Euren Teller, daß er überfloß, Euch bot sie das größte Glas Wein an, gebt Achtung, sie bringt Euch auch das größte Stück Eierkuchen. Wenn das der Fall ist, dann stehe ich auf, dann führt sie nur fort, und laßt mich hier allein.« Basset wollte antworten, aber im Augenblicke trat die Frau mit dem Eierkuchen herein. Sie hatte ihn schon in drei Stücke geschnitten, ging zu Basset und schob ihm ein Stück mit den Worten auf den Teller: »Einen bessern Eierkuchen findet Ihr nicht beim Kommandanten,

Ihr müßt mich rühmen!« Finster blickte Francoeur in die Schüssel, die Lücke war fast so groß wie die beiden Stücke, die noch blieben, er stand auf und sagte: »Es ist nicht anders, wir sind geschieden!« Mit diesen Worten ging er nach dem Pulverturme, schloß die eiserne Türe auf, trat ein und schloß sie wieder hinter sich zu. Die Frau sah ihm verwirrt nach und ließ die Schüssel fallen: »Gott, ihn plagt der Böse; wenn er nur nicht Unheil stiftet im Pulverturm.« »Ist das der Puleverturm?« rief Basset, »er sprengt sich in die Luft, rettet Euch und Euer Kind!« Mit diesen Worten lief er fort, auch der Mönch wagte sich nicht wieder herein, und lief ihm nach. Rosalie eilte in die Wohnung zu ihrem Kinde, riß es aus dem Schlafe, aus der Wiege, sie wußte nichts mehr von sich, bewußtlos wie sie Francoeur einst gefolgt, so entfloh sie ihm mit dem Kinde und sagte vor sich hin: »Kind, das tue ich nur deinetwegen, mir wäre besser mit ihm zu sterben; Hagar, du hast nicht gelitten wie ich, denn ich verstoße mich selbst!« Unter solchen Gedanken kam sie herab auf einem falschen Wege und stand am sumpfigen Ufer des Flusses. Sie konnte aus Ermattung nicht mehr gehen und setzte sich deswegen in einen Nachen, der, nur leicht ans Ufer gefahren, leicht abzustoßen war und ließ sich den Fluß herabtreiben; sie wagte nicht umzublicken, wenn am Hafen ein Schuß geschah, meinte sie: das Fort sei gesprengt, und ihr halbes Leben verloren, so verfiel sie allmählich in einen dumpfen fieberartigen Zustand.

Unterdessen waren die beiden Soldaten, mit Äpfeln und Trauben bepackt, in die Nähe des Forts gekommen, aber Francoeurs starke Stimme rief ihnen, indem er eine Flintenkugel über ihre Köpfe abfeuerte: »Zurück!« dann sagte er durch das Sprachrohr: »An der hohen Mauer werde ich mit euch reden, ich habe hier allein zu befehlen und will auch allein hier leben, so lange es dem Teufel gefällt!« Sie wußten nicht, was das bedeuten solle, aber es war nichts anders zu tun, als dem Willen des Sergeanten Folge zu leisten. Sie gingen herab zu dem steilen Abhange des Forts, welcher die hohe Mauer hieß, und kaum waren sie dort angelangt, so sahen sie Rosaliens Bette und des Kindes Wiege an einem Seile niedersinken, dem folgten ihre Betten und Geräte und Francoeur rief durch das Sprachrohr: »Das Eurige nehmt; Bette, Wiege und Kleider meiner entlaufenen Frau bringt zum Kommandanten, da werdet ihr sie finden; sagt: das schicke ihr Satanas, und diese alte Fahne, um ihre Schande mit dem Kommandanten zu zu decken!« Bei diesen Worten warf er die große französische Flagge, die auf dem Fort geweht hatte, herab und fuhr fort: »Dem Kommandanten lasse ich hierdurch Krieg erklären, er mag sich waffnen bis zum Abend, dann werde ich mein Feuer eröffnen; er soll nicht schonen, denn ich schone ihn beim Teufel nicht; er soll alle seine Hände ausstrecken, er wird mich doch nicht fangen; er hat mir den Schlüssel zum Pulverturm gegeben, ich will ihn brauchen, und wenn er mich zu fassen meint, fliege ich mit ihm gen Himmel, vom Himmel in die Hölle, das wird Staub geben.« Brunet wagte endlich zu reden und rief hinauf: »Gedenkt an unsern gnädigsten König, daß der über Euch steht, ihm werdet Ihr doch nicht widerstreben.« Dem antwortete Francoeur: »In mir ist der König aller Könige dieser Welt, in mir ist der Teufel und im Namen des Teufels sage ich euch, redet kein Wort, sonst zerschmettere ich euch!« Nach dieser Drohung packten beide stillschweigend das Ihre zusammen und ließen das übrige stehen; sie wußten, daß oben große Steinmassen angehäuft waren, die unter der steilen Felswand alles zerschmettern konnten. Als sie nach Marseille zum Kommandanten kamen, fanden sie ihn schon in Bewegung, denn Basset hatte ihn von allem unterrichtet; er sendete die beiden Ankommenden mit einem Wagen nach dem Fort, um die Sachen der Frau gegen den drohenden Regen zu sichern, andere sandte er aus, um die Frau mit dem Kinde auf zu finden, während er die Offiziere bei sich versammelte, um mit ihnen zu überlegen, was zu tun sei? Die Besorgnis dieses Kriegsrats richtete sich besonders auf den Verlust des schönen Forts, wenn es in die Luft gesprengt würde; bald kam aber ein Abgesandter der Stadt, wo sich das Gerücht verbreitet hatte, und stellte den Untergang des schönsten Teiles der Stadt als ganz unvermeidlich dar. Es wurde allgemein anerkannt, daß mit Gewalt nicht verfahren werden dürfe, denn Ehre sei nicht gegen einen einzelnen Menschen zu erringen, wohl aber ein ungeheuerer Verlust durch Nachgiebigkeit abzuwenden; der Schlaf werde die Wut Francoeurs doch endlich überwinden, dann sollten entschlossene Leute das Fort erklettern und ihn fesseln. Dieser Ratschluß war kaum gefaßt, so wurden die beiden Soldaten eingeführt, welche Rosaliens Betten und Gerät zurückgebracht hatten. Sie hatten eine Bestellung Francoeurs zu überbringen, daß ihm der Teufel verraten: sie wollten ihn im Schlafe fangen, aber er warne sie aus Liebe zu einigen Teufelskameraden, die zu dem Unternehmen gebraucht werden sollten, denn er werde ruhig in seinem verschlossenen Pulverturme mit geladenen Gewehren schlafen und ehe sie die Türe erbrechen könnten, wäre er längst erwacht und der Turm, mit einem Schusse in die Pulverfässer, zersprengt. »Er hat recht«, sagte der Kommandant, »er kann nicht anders handeln, wir müssen ihn aushungern.« »Er hat den ganzen Wintervorrat für uns alle hinaufgeschafft«, bemerkte

Brunet, »wir müssen wenigstens ein halbes Jahr warten, auch sagte er, daß ihm die vorbeifahrenden Schiffe, welche die Stadt versorgen, reichlichen Zoll geben sollten, sonst bohre er sie in den Grund, und zum Zeichen, daß niemand in der Nacht fahren sollte, ohne seine Bewilligung, werde er am Abend einige Kugeln über den Floß sausen lassen.« »Wahrhaftig, er schießt!« rief einer der Offiziere und alle liefen nach einem Fenster des obern Stockwerks. Welch ein Anblick! an allen Ecken des Forts eröffneten die Kanonen ihren feurigen Rachen, die Kugeln sausten durch die Luft, in der Stadt versteckte sich die Menge mit großem Geschrei und nur einzelne wollten ihren Mut im kühnen Anschauen der Gefahr beweisen. Aber sie wurden auch reichlich dafür belohnt, denn mit hellem Lichte schoß Francoeur einen Bündel Raketen aus einer Haubitze in die Luft, und einen Bündel Leuchtkugeln aus einem Mörser, denen er aus Gewehren unzählige andre nachsandte. Der Kommandant versicherte, diese Wirkung sei trefflich, er habe es nie gewagt, Feuerwerke mit Wurfgeschütz in die Luft zu treiben, aber die Kunst werde dadurch gewissermaßen zu einer meteorischen, der Francoeur verdiene schon deswegen begnadigt zu werden.

Diese nächtliche Erleuchtung hatte eine andre Wirkung, die wohl in keines Menschen Absicht lag; sie rettete Rosalien und ihrem Kinde das Leben. Beide waren in dem ruhigen Treiben des Kahnes eingeschlummert und Rosalie sah im Traume ihre Mutter von innerlichen Flammen durchleuchtet und verzehrt und fragte sie: Warum sie so leide? Da war's als ob eine laute Stimme ihr in die Ohren rief: »Mein Fluch brennt mich wie dich, und kannst du ihn nicht lösen, so bleib ich eigen allem Bösen.« Sie wollte noch mehr sprechen, aber Rosalie war schon aufgeschreckt, sah über sich den Bündel Leuchtkugeln im höchsten Glanze, hörte neben sich einen Schiffer rufen: »Steuert links, wir fahren sonst ein Boot in den Grund, worin ein Weib mit einem Kinde sitzt.« Und schon rauscht die vordere Spitze eines großen Flußschiffes wie ein geöffneter Walfischrachen hinter ihr, da wandte er sich links, aber ihr Nachen wurde doch seitwärts nachgerissen. »Helft meinem armen Kinde!« rief sie und der Haken eines Stangenruders verband sie mit dem großen Schiffe, das bald darauf Anker warf. »Wäre das Feuerwerk auf dem Fort Ratonneau nicht aufgegangen«, rief der eine Schiffer, »ich hätte Euch nicht gesehen und wir hätten Euch ohne bösen Willen in den Grund gesegelt, wie kommt Ihr so spät und allein aufs Wasser, warum habt Ihr uns nicht angeschrieen?« Rosalie beantwortete schnell die Fragen und bat nur dringend, sie nach dem Hause des Kommandanten zu bringen. Der Schiffer gab ihr aus Mitleid seinen Jungen zum Führer.

Sie fand alles in Bewegung beim Kommandanten, sie bat ihn seines Versprechens eingedenk zu sein, daß er ihrem Manne drei Versehen verzeihen wolle. Er leugnete, daß von solchen Versehen die Rede gewesen, es sei über Scherz und Grillen geklagt worden, das sei aber ein teuflischer Ernst. »So ist das Unrecht auf Eurer Seite«, sagte die Frau gefaßt, denn sie fühlte sich nicht mehr schicksallos, »auch habe ich den Zustand des armen Mannes angezeigt und doch habt Ihr ihm einen so gefährlichen Posten vertraut, Ihr habt mir Geheimnis angelobt, und doch habt Ihr alles an Basset, Euren Diener erzählt, der uns mit seiner törichten Klugheit und Vorwitzigkeit in das ganze Unglück gestürzt hat; nicht mein armer Mann, Ihr seid an allem Unglück schuld, Ihr müßt dem Könige davon Rechenschaft geben.« Der Kommandant verteidigte sich gegen den Vorwurf, daß er etwas dem Basset erzählt habe, dieser gestand: daß er ihn im Selbstgespräche belauscht, und so war die ganze Schuld auf seine Seele geschoben. Der alte Mann sagte: daß er den andern Tag sich vor dem Fort wolle totschießen lassen, um seinem Könige die Schuld mit seinem Leben abzuzahlen, aber Rosalie bat ihn, sich nicht zu übereilen, er möge bedenken, daß sie ihn schon einmal aus dem Feuer gerettet habe. Ihr wurde ein Zimmer im Hause des Kommandanten angewiesen und sie brachte ihr Kind zur Ruhe, während sie selbst mit sich zu Rate ging und zu Gott flehte, ihr anzugeben, wie sie ihre Mutter den Flammen und ihren Mann dem Fluche entreißen könne. Aber auf ihren Knieen versank sie in einen tiefen Schlaf und war sich am Morgen keines Traumes, keiner Eingebung bewußt. Der Kommandant, der schon früh einen Versuch gegen das Fort gemacht hatte, kam verdrießlich zurück. Zwar hatte er keine Leute verloren, aber Francoeur hatte so viele Kugeln mit solcher Geschicklichkeit links und rechts und über sie hinsausen lassen, daß sie ihr Leben nur seiner Schonung dankten. Den Fluß hatte er durch Signalschüsse gesperrt, auch auf der Chaussee durfte niemand fahren, kurz, aller Verkehr der Stadt war für diesen Tag gehemmt und die Stadt drohete, wenn der Kommandant nicht vorsichtig verfahre, sondern wie in Feindes Land ihn zu belagern denke, daß sie die Bürger aufbieten und mit dem Invaliden schon fertig werden wolle.

Drei Tage ließ sich der Kommandant so hinhalten, jeden Abend verherrlichte ein Feuerwerk, jeden Abend erinnerte Rosalie an sein Versprechen der Nachsicht. Am dritten

Abend sagte er ihr: der Sturm sei auf den andern Mittag festgesetzt, die Stadt gebe nach, weil aller Verkehr gestört sei, und endlich Hungersnot ausbrechen könne. Er werde den Eingang stürmen, während ein andrer Teil von der andern Seite heimlich anzuklettern suche, so daß diese vielleicht früher ihrem Manne in den Rücken kämen, ehe er nach dem Pulverturm springen könne; es werde Menschen kosten, der Ausgang sei ungewiß, aber er wolle den Schimpf von sich ablenken, daß durch seine Feigheit ein toller Mensch zu dem Dünkel gekommen: einer ganzen Stadt zu trotzen, das größte Unglück sei ihm lieber, als dieser Verdacht, er habe seine Angelegenheiten mit der Welt und vor Gott zu ordnen gesucht, Rosalie und ihr Kind würden sich in seinem Testamente nicht vergessen finden. Rosalie fiel ihm zu Füßen und fragte: was denn das Schicksal ihres Mannes sei, wenn er im Sturme gefangen würde? Der Kommandant wendete sich ab und sagte leise: »Der Tod unausbleiblich, auf Wahnsinn würde von keinem Kriegsgerichte erkannt werden, es ist zu viel, Einsicht, Vorsicht und Klugheit in der ganzen Art, wie er sich nimmt; der Teufel kann nicht vor Gericht gezogen werden, er muß für ihn leiden.« Nach einem Strome von Tränen erholte sich Rosalie und sagte: Wenn sie das Fort, ohne Blutvergießen, ohne Gefahr, in die Gewalt des Kommandanten brächte, würde dann sein Vergehen als ein Wahnsinn Begnadigung finden? »Ja, ich schwör's!« rief der Kommandant, »aber es ist vergeblich, Euch haßt er vor allen, und rief gestern einem unsrer Vorposten zu, er wolle das Fort übergeben, wenn wir ihm den Kopf seiner Frau schicken könnten.« »Ich kenne ihn«, sagte die Frau, »ich will den Teufel beschwören in ihm, ich will ihm Frieden geben, sterben würde ich doch mit ihm, also ist nur Gewinn für mich, wenn ich von seiner Hand sterbe, der ich vermählt bin durch den heiligsten Schwur.« Der Kommandant bat sie, sich wohl zu bedenken, erforschte ihre Absicht, widerstand aber weder ihren Bitten, noch der Hoffnung, auf diesem Wege dem gewissen Untergange zu entgehen.

Vater Philipp hatte sich im Hause eingefunden und erzählte: der unsinnige Francoeur habe jetzt eine große weiße Flagge ausgesteckt, auf welcher der Teufel gemalt sei, aber der Kommandant wollte nichts von seinen Neuigkeiten wissen, und befahl ihm: zu Rosalien zu gehen, die ihm beichten wolle. Nachdem Rosalie ihre Beichte in aller Ruhe eines gottergebnen Gemütes abgelegt hatte, bat sie den Vater Philipp, sie nur bis zu einem sichern Steinwalle zu begleiten, wo keine Kugel ihn treffen könne, dort wolle sie ihm ihr Kind und Geld zur Erziehung desselben übergeben, sie könne sich noch nicht von dem lieben Kinde trennen. Er versprach es ihr zögernd, nachdem er sich im Hause erkundigt hatte: ob er auch dort noch sicher gegen die Schüsse sei, denn sein Glaube, Teufel austreiben zu können, hatte sich in ihm ganz verloren, er gestand, was er bisher ausgetrieben hätte, möchte wohl der rechte Teufel nicht gewesen sein, sondern ein geringerer Spuk.

Rosalie kleidete ihr Kind noch einmal unter mancher Träne weiß mit roten Bandschleifen an, dann nahm sie es auf den Arm und ging schweigend die Treppe hinunter. Unten stand der alte Kommandant und konnte ihr nur die Hand drücken und mußte sich umwenden, weil er sich der Tränen vor den Zuschauern schämte. So trat sie auf die Straße, keiner wußte ihre Absicht, Vater Philipp blieb etwas zurück, weil er des Mitgehens gern überhoben gewesen, dann folgte die Menge müßiger Menschen auf den Straßen, die ihn fragten: was es bedeutete? Viele fluchten auf Rosalien, weil sie Francoeurs Frau war, aber dieser Fluch berührte sie nicht.

Der Kommandant führte unterdessen seine Leute auf verborgenen Wegen nach den Plätzen, von welchen der Sturm eröffnet werden sollte, wenn die Frau den Wahnsinn des Mannes nicht beschwören könnte.

Am Tore schon verließ die Menge Rosalien, denn Francoeur schoß von Zeit zu Zeit über diese Fläche, auch Vater Philipp klagte, daß ihm schwach werde, er müsse sich niederlassen. Rosalie bedauerte es und zeigte ihm den Felsenwall, wo sie ihr Kind noch einmal stillen und es dann in den Mantel nieder legen wollte, dort möge es gesucht werden, da liege es sicher aufbewahrt, wenn sie nicht zu ihm zurück kehren könne. Vater Philipp setzte sich betend hinter den Felsen und Rosalie ging mit festem Schritt dem Steinwalle zu, wo sie ihr Kind tränkte und segnete, es in ihren Mantel wickelte und in Schlummer brachte. Da verließ sie es mit einem Seufzer, der die Wolken in ihr brach, daß blaue Hellung und das stärkende Sonnenbild sie bestrahlten. Nun war sie dem harten Manne sichtbar, als sie am Steinwalle heraustrat, ein Licht schlug am Tore auf, ein Druck, als ob sie umstürzen müßte, ein Rollen in der Luft, ein Sausen, das sich damit mischte, zeigten ihr an: daß der Tod nahe an ihr vorüber gegangen. Es wurde ihr aber nicht mehr bange, eine Stimme sagte ihr innerlich: daß nichts untergehen könne, was diesen Tag bestanden, und ihre Liebe zum Malme, zum Kinde regte sich noch in ihrem Herzen, als sie ihren Mann vor sich auf dem

Festungswerke stehen und laden, das Kind hinter sich schreien hörte; sie taten ihr beide mehr leid als ihr eignes Unglück, und der schwere Weg war nicht der schwerste Gedanke ihres Herzens. Und ein neuer Schuß betäubte ihre Ohren und schmetterte ihr Felsstaub ins Gesicht, aber sie betete und sah zum Himmel. So betrat sie den engen Felsgang, der wie ein verlängerter Lauf, für zwei mit Kartätschen geladene Kanonen mit boshaftem Geize die Masse des verderblichen Schusses gegen die Andringenden zusammen zu halten bestimmt war. »Was siehst du Weib!« brüllte Francoeur, »sieh nicht in die Luft, deine Engel kommen nicht, hier steht dein Teufel und dein Tod.« »Nicht Tod, nicht Teufel trennen mich mehr von dir«, sagte sie getrost, und schritt weiter hinauf die großen Stufen. »Weib«, schrie er, »du hast mehr Mut als der Teufel, aber es soll dir doch nichts helfen.« Er blies die Lunte an, die eben verlöschen wollte, der Schweiß stand ihm hellglänzend über Stirn und Wangen, es war als ob zwei Naturen in ihm rangen. Und Rosalie wollte nicht diesen Kampf hemmen und der Zeit vorgreifen, auf die sie zu vertrauen begann; sie ging nicht vor, sie kniete auf die Stufe nieder, als sie drei Stufen von den Kanonen entfernt war, wo sich das Feuer kreuzte. Er riß Rock und Weste an der Brust auf, um sich Luft zu machen, er griff in sein schwarzes Haar, das verwildert in Locken starrte und riß es sich wütend aus. Da öffnete sich die Wunde am Kopfe in dem wilden Erschüttern durch Schläge, die er an seine Stirn führte, Tränen und Blut löschten den brennenden Zundstrick, ein Wirbelwind warf das Pulver von den Zündlöchern der Kanonen und die Teufelsflagge vom Turm. »Der Schornsteinfeger macht sich Platz, er schreit zum Schornstein hinaus!« rief er, und deckte seine Augen. Dann besann er sich, öffnete die Gittertüre, schwankte zu seiner Frau, hob sie auf, küßte sie, endlich sagte er: »Der schwarze Bergmann hat sich durchgearbeitet, es strahlt wieder Licht in meinen Kopf und Luft zieht hindurch und die Liebe soll wieder ein Feuer zünden, daß uns nicht mehr friert. Ach Gott, was hab ich in diesen Tagen verbrochen! Laß uns nicht feiern, sie werden mir nur wenig Stunden noch schenken, wo ist mein Kind, ich muß es küssen, weil ich noch frei bin; was ist Sterben? Starb ich nicht schon einmal, als du mich verlassen und nun kommst du wieder und dein Kommen gibt mir mehr, als dein Scheiden mir nehmen konnte, ein unendliches Gefühl meines Daseins, dessen Augenblicke mir genügen. Nun lebte ich gern mit dir und wäre deine Schuld noch größer als meine Verzweiflung gewesen, aber ich kenne das Kriegsgesetz und ich kann nun Gottlob in Vernunft als ein reuiger Christ sterben.« Rosalie konnte in ihrer Entzückung, von ihren Tränen fast erstickt, kaum sagen, daß *ihm* verziehen, daß *sie* ohne Schuld und ihr Kind nahe sei. Sie verband seine Wunde in Eile, dann zog sie ihn die Stufen hinunter bis zu dem Steinwalle, wo sie das Kind verlassen. Da fanden sie den guten Vater Philipp bei dem Kinde, der allmählich hinter Felsstücken zu ihm hingeschlichen war, und das Kind ließ etwas aus den Händen fliegen, um nach dem Vater sie auszustrecken. Und während sich alle drei umarmt hielten, erzählte Vater Philipp, wie ein Taubenpaar vom Schloß herunter geflattert sei und mit dem Kinde artig gespielt, sich von ihm habe anrühren lassen, und es gleichsam in seiner Verlassenheit getröstet habe. Als er das gesehen, habe er sich dem Kinde zu nahen gewagt. »Sie waren, wie gute Engel, meines Kindes Spielkameraden auf dem Fort gewesen, sie haben es treulich aufgesucht, sie kommen sicher wieder und werden es nicht verlassen.« Und wirklich umflogen sie die Tauben freundlich und trugen in ihren Schnäbeln grüne Blätter. »Die Sünde ist uns geschieden«, sagte Francoeur, »nie will ich wieder auf den Frieden schelten, der Friede tut mir so gut.«

Inzwischen hatte sich der Kommandant mit seinen Offizieren genähert, weil er den glücklichen Ausgang durch sein Fernrohr gesehen. Francoeur übergab ihm seinen Degen, er kündigte Francoeur Verzeihung an, weil seine Wunde ihn des Verstandes beraubt gehabt und befahl einem Chirurgen: diese Wunde zu untersuchen und besser zu verbinden. Francoeur setzte sich nieder und ließ ruhig alles mit sich geschehen, er sah nur Frau und Kind an. Der Chirurg wunderte sich, daß er keinen Schmerz zeigte, er zog ihm einen Knochensplitter aus der Wunde, der rings umher eine Eiterung hervorgebracht hatte; es schien als ob die gewaltige Natur Francoeurs ununterbrochen und allmählich an der Hinausschaffung gearbeitet habe, bis ihm endlich äußere Gewalt, die eigne Hand seiner Verzweiflung die äußere Rinde durchbrochen. Er versicherte, daß ohne diese glückliche Fügung ein unheilbarer Wahnsinn den unglücklichen Francoeur hätte aufzehren müssen. Damit ihm keine Anstrengung schade, wurde er auf einen Wagen gelegt und sein Einzug in Marseille glich unter einem Volke, das Kühnheit immer mehr als Güte zu achten weiß, einem Triumphzuge; die Frauen warfen Lorbeerkränze auf den Wagen, alles drängte sich den stolzen Bösewicht kennen zu lernen, der so viele tausend Menschen während drei Tage beherrscht hatte. Die Männer aber reichten ihre Blumenkränze Rosalien und ihrem Kinde und rühmten sie als Befreierin und schwuren ihr und dem Kinde reichlich zu vergelten, daß sie ihre Stadt vom Untergange gerettet habe.

Nach solchem Tage läßt sich in *einem* Menschenleben selten noch etwas erleben, was der Mühe des Erzählens wert wäre, wenn gleich die Wiederbeglückten, die Fluchbefreiten, erst in diesen ruhigeren Jahren den ganzen Umfang des gewonnenen Glücks erkannten. Der gute alte Kommandant nahm Francoeur als Sohn an und konnte er ihm auch nicht seinen Namen übertragen, so ließ er ihm doch einen Teil seines Vermögens und seinen Segen. Was aber Rosalie noch inniger berührte, war ein Bericht, der erst nach Jahren aus Prag einlief, in welchem ein Freund der Mutter anzeigte, daß diese wohl ein Jahr, unter verzehrenden Schmerzen, den Fluch bereut habe, den sie über ihre Tochter ausgestoßen, und, bei dem sehnlichen Wunsche nach Erlösung des Leibes und der Seele, sich und der Welt zum Überdruß bis zu dem Tage gelebt habe, der Rosaliens Treue und Ergebenheit in Gott gekrönt: an dem Tage sei sie, durch einen Strahl aus ihrem Innern beruhigt, im gläubigen Bekenntnis des Erlösers selig entschlafen.

Gnade löst den Fluch der *Sünde.*

Liebe treibt den *Teufel* aus.